당신은
반드시
잘될 사람

**일러두기**

—

작가 고유의 글맛을 살리기 위해 일부 맞춤법과 띄어쓰기는
작가의 스타일을 따랐습니다.

당신은
반드시
잘될 사람

라파엘 에세이

봄

당신이
진심으로 믿는 일은
반드시 이루어진다.
믿음이 그것을 실현시킨다.

프랭크 로이드 라이트

세상 그 누구도
말해주지 않았다.

나 역시 자주
나 자신을 의심하곤 했다.

삶은 언제나 답은커녕
길조차 보여주지 않았고,
무너지는 시간의 연속이었다.

하지만 그런 시간이 길어질수록
이를 악물고 잘살고 싶었다.

'어떤 삶이 잘사는 삶일까?'
오랜 질문 끝에 발견하게 된 것은,
'나 자신을 믿어보자.'

그리고 힘든 순간일수록
조용히 나에게 말한다.
마치 주문을 걸 듯.

'의심하지 마.
나는 반드시 잘될 거야.'

당신에게도 꼭 말해주고 싶다.
"당신은 반드시 잘될 사람"

# 이제는
# 당신 차례!

---

누구나 그렇겠지만 잘되고 싶었다. 하지만 욕심이 커질수록 잘못된 선택들이 쌓였고, 엉성하게 쌓아 올린 선택의 탑은 순식간에 와르르 무너졌다. 그 순간만큼은 포기만이 답처럼 보였고, 내일이 다시는 오지 않을 것 같았다. 어떻게라도 타인의 탓으로 돌려 변명하기 급급했고, 하루하루 후회로 시간을 낭비했다. 그랬다. 처참하게 무너져 포기하는 것밖에는 길이 보이지 않았다. 한참을 아무것도 할 수 없었다.

그러다 우연히 '우공이산愚公移山'이라는 글을 봤다. '우공'이라는 고지식하고 어리석은 사람이 산을 옮겼다는 이야기. '어리석다', 모든 삶이 늘 그러하겠지만 그 어떤 사람도 어리석은 사람이 되는 것을 원치 않는다. 나 역시도 그러했지만 가장 어리석은 최후를 맞이한 순간에 어리석음에서 길을 찾을 수 있었다. 조금씩 의심을 버리고 힘겹게 입을 떼어 나 자신에게 말해줄 수 있었다. '다 잃었으니 다시 시작하면 돼. 반드시, 반드시 잘될 테니. 새롭게 다시 시작하면 돼.'

당신은 어떠한가? 혹시 어제를 후회하고 있다면, 혹시 오늘의 선택과 스스로를 의심하고 있다면, 혹시 많은 것을 잃었더라면 이 책의 이야기들이 꼭 당신에게 도착하기를 고대한다. 칠흑 같던 시간 속에서 수도 없이 던졌던 질문과 답들과 경험을 나누게 되었으면 한다. 무엇보다 내 여정보다는 당신의 여정이 더 밝고 깊고 아름다웠으면 한다. 그리고 습관처럼 소신껏 스스로에게 말해주라고 말하고 싶다. 절망의 어둠 속에서 매 순간 절실하게 듣고 싶던 말.

**"나는 반드시 잘될 사람"**

———

이제는
(                 ) 차례!

**차례**

**Station 2** ─────── **마음을 움직이는 도구를 찾는다면**

**매
력**

Station 3 ──────── **때로는 유연하게 자주 당당하게**

# 관계

Station 4 ——— **반드시 잘될 사람에게 꼭 필요한 이야기**

# 용기

# 길을 잃게 되는
# 고비마다

"행동은
절망의
해독제이다"
J.바에즈

삶의 고비마다 알게 된 것은
실력의 문제가 아니라
선택의 차이였다.

버텨낼 수 있느냐? 혹은 포기해 버리느냐?
책임질 수 있느냐? 혹은 도피해 버리느냐?
행동할 수 있느냐? 혹은 멈춰 버리느냐?

그 선택이 인생의 차이를 만든다.

## 잘되는 사람에게는 인생 순위가 있다

—

세상은 매일 다른 이름의 과제와 다른 얼굴의 시험이다.
세상이 낸 과제와 시험에 들볶이며 삶이 힘들다 느껴진다면,
그건 그만큼 치열하게 살고 있다는 증거.

중요한 것은 삶이 힘들수록 도망치지 말아야 한다는 것이다.
무엇보다 매일 과제를 해치우듯 벼락치기 시험공부라도 하
듯 살지는 말아야 한다.

삶이 힘겹게 느껴진다면, 산 정상을 향해 오르막길을 오르기
때문이리라. 그러니 이런 시간이 찾아왔다면 그 어떤 시간보
다 집중과 선택을 해야 한다.

집중과 선택을 위해서는 "인생 순위"를 만들어야 한다. 잊지 말아야 한다. 시간은 우리를 기다려 주지 않는다. 집중해야 하는 우선순위와 삶에서 잠시 미뤄야 하는 것들을 나눠 관리해야 한다는 말이다. 잘되는 사람에게는 무서울 정도로 뚜렷한 인생 순위가 있다.

# 반드시 잘되는 사람은

—

1. 다른 사람과 자신을 비교하지 않는다.

2. 항상 긍정적으로 생각하려고 노력한다.

3. 자신의 선택에 변명하지 않고 끝까지 행동한다.

4. 지난 실수와 단점을 보완하고 자신만의 장점을 꼭 찾는다.

5. 목표를 가볍게 세워 자주 작게라도 성취감을 느껴본다.

6. 규칙적으로 운동하며 취미를 찾고 자신만의 시간을 갖는다.

7. 타인의 평가 중에 비난과 비평을 걸러 생각한다.

8. 지나간 시간 때문에 시간을 낭비하지 않는다.

9. 부정적인 생각은 버리고 항상 문제 해결 방법에 몰두한다.

10. 진정성 있고 선하며 스스로 존중한다.

## 세상에서 잠시 멀어져라

―

잠시 쉬어가자.
잠시 쉬어간다고,
삶이 무너지지 않는다.

쉬어가는 시간을 받아들이고,
세상과 완전히 멀어지는 시간을 가져야 한다.

세상과 멀어진 만큼 삶의 틈이 생기고,
틈을 다시 채울 수 있는 힘이 생긴다.

―

# 선택을 바꾸면 삶이 달라지는 10가지

—

1. 타인의 무분별한 평가에 흔들리지 않는다.

2. 타인의 기준으로 자신을 평가하지 않는다.

3. 자신의 선택에 불안해하지 않는다.

4. 남과 다른 길로 간다고 해서 불안해하지 않는다.

5. 혹시 틀린 선택을 했어도 무너지지 않는다.

6. 부족함을 인정하고 노력하는 것을 미루지 않는다.

7. 자신이 하기 싫은 일을 타인에게 미루지 않는다.

8. 어떤 상황에서도 상처받을 것을 두려워하지 않는다.

9. 실수를 인정하되 실패하는 일을 두려워하지 않는다.

10. 어제를 돌아보지 않고 내일을 미리 걱정하지 않는다.

매일 인생 안에 용기의 작은 점들을 찍어라.

포기하지 않고 살아가는 용기는 작은 점에 불과하지만

그 점들이 모여 선으로 이어지며 삶의 단단한 길이 되어 준다.

# 나를, 함부로 대하는 사람들에게

—

## 1. 쓸데없는 말은 하지 않는다.

침묵이 아니라, 할 말은 신중하게 확실히 하되

실언이나 격이 떨어지는 말은 하지 않는다.

내가 가볍지 않은 모습을 보이면

상대도 나를 가볍게 대하지 않는다.

## 2. 자기주장은 확실히 표현한다.

자기주장을 잘 표현하는 것은 의사 전달을 잘하는 사람이다.

이때 중요한 것은 소리 높여 강하게 하기보다는 부드럽고 상

냥하게 하는 것이 중요하다.

3. 내 감정을 담담하고 당당하게 나타낸다.

상대에 대한 반응에 화를 내지도 당황하지도 않으면서 응대
한다면 오히려 상대가 당황하게 된다.


4. 맡은 일은 확실하게 한다.

자기가 맡은 일은 무조건 확실하게 해내야 한다.

자기 일도 제대로 못한다면 정말 우스운 사람이 된다.


5. 내 분야의 일인자가 된다.

어려운 목표지만 정말 꾸준히 열심히 하면 될 수 있다.


만약 함부로 대하는 사람을 만났다면 이것만 기억하자.

"절대 겁먹지 마라! 절대 변명하지 마라!"

"행동하라! 나를 지킬 수 있는."

# 가치를 높여주는 대화법

—

## 1. 말끝을 명확하게 마무리하라

내가 전달하는 말을 명확하게 전달하고 싶다면

마지막 문장의 마침표를 잘 찍어야 한다.

말끝을 흐리는 습관이 있다면 당장 바꿔야 한다.

## 2. 당차게 질문하고 간결하게 답하라

어느 순간이든 질문하는 것을 두려워하지 말아야 한다.

무엇보다 목적이 정확한 질문을 하고, 질문을 받았다면 간결

하게 답하는 것을 습관화해야 한다.

## 3. 부정적인 말투는 버려라

'NO'를 외치는 것을 두려워하지는 않되 대화의 방향이 부정적인 방향으로만 흐르지 않는지 늘 점검해야 한다. 부정적인 말투는 주변 사람 다 떠나가게 하는 말버릇이 된다.

### 4. 빈정대는 말투는 버려라

빈정대거나 비꼬는 말투는 대화법 중에 가장 최악의 말투이며, 얻는 것은 없고 잃는 것만 생기게 될 것이다.

### 5. 욕설은 삼가하라

혼자가 있거나 익숙한 사람들 앞에서도 말투를 가려서 해야 한다. 가까운 사람일수록 예의를 다해 대해야 하며, 혼자가 되는 시간에도 말투에 험한 말이 끼어 있는 건 아닌지 늘 경계해야 한다.

상대방에게 존경받고 싶다면 내 말투부터 점검해야 한다. 나의 가치를 높이는 것의 기본은 말에서 시작되며, 말투는 잘

되는 사람들의 기본 중에 기본 도구이다. 잊지 말자. 지금 하는 당신의 말이 곧 당신 자신이라는 것을.

# 10년 후 인생을 달라지게 하는 것

---

매일 거울 앞에 서서 옷매무새를 다듬는 시간이 늘어날수록 "옷을 잘 입는다"라는 평가를 받거나 "자기 관리를 꽤 잘한다"는 칭찬을 받는다. 주변 사람들을 정확하게 바라보는 것도 이와 비슷한 원리다. 주변 사람들이 곧 현재 자신의 모습과도 같다는 말이다. 만약 지금 곁에 이런 사람들이 있다면 그것은 바로 당신의 모습도 비슷하다는 말이니 점검해야 한다.

## 1. 시간이 아깝다 느껴지는 사람이 있는가?

만남의 시간이 의미 없게 느껴지는 사람이 있는지 되물어야 한다. 특히 불편하거나 느낌이 별로인 사람, 이런 관계는 손절해도 된다. 이런 의미 없는 만남보다, 나를 위한 자기계

---

발을 하던지 새로운 사람을 만나는 것이 나에게는 도움이
된다.


## 2. 사소한 것에 목숨 거는 사람은?

무조건 이겨야 직성이 풀리는 사람이 있다.

자기보다 못난 사람이면 핀잔을 주고 무시하며

자기보다 잘난 사람이면 애써 외면하고 태연한 척한다.

이런 사람하고 논쟁이나 경쟁 붙으면 그냥 져줘라.

아무 소득 없이 나의 소중한 시간만 버리게 된다.


## 3. 자기 이익만 신경 쓰는 사람이 있다면!

겉으로는 아닌 척하면서 자기 이익에만 신경 쓰는 사람이 있
다. 지극히 자기중심적이라 절대 남 생각하는 사람이 아니다.


## 4. 의리를 쉽게 저버리는 사람이 있는 건 아닌지?

본인은 도움을 받았으면서도 정작 상대가 도움을 청할 때는

거절하고 외면하며 연락을 끊는 사람이 있다.

달면 삼키고 쓰면 뱉는 전형적인 배신자 유형이다.


**5. 불평불만을 입에 달고 사는 사람은?**

긍정의 시그널이 와도 부정적으로 생각하는 사람이 있다.

절대 상대를 호의적으로 대하지 않는 사람일 가능성이 크다.


사람은 주변 사람과 비슷해지려는 습성이 있다.

설령 지금은 아닐지 몰라도 점점 닮아가게 될 것이다.

지금 어떤 누구를 만나느냐에 따라

10년 후 인생이 달라진다는 것을 깨달아야 한다.

## '물'처럼 유연해야 한다

---

물은 어떠한 상황에 있어도 묵묵히 흐른다.
장애물이 있어 부딪친대도 결국 옆으로 흐른다.

어떤 상황에도 유연하게 흐르는 물줄기처럼 살아라!

물방울이 계속해서 바위에 떨어질 때
큰 바위에도 구멍이 뚫리게 된다.
아무리 약한 것도 힘을 한곳에 집중하면
강한 것을 이길 수 있다는 것을 보여주는 것이다.

물처럼 살아간다는 것은

어떤 상황에서도 변화에 잘 적응한다는 것이다.
자연스럽게 흐름을 유지하는 물처럼
우리의 삶도 그와 같은 태도를 유지해야 한다.

유연성과 적응력을 갖출 수 있다면,
다양한 상황에서 대처하는 힘을 얻을 수 있다.
작은 실개천도 계속 흘러갈 수 있다면
결국 바다를 만나게 된다.

우리도 마찬가지다.
때로는 물처럼 유연하게, 혹은 한결같이 흘러갈 수 있다면
우리 역시 지금보다 넓은 세상과 길을 만나게 될 것이다.

———

## 비범한 삶은 작은 선택에 달렸다

—

상대를 이기는 사람은 힘센 사람이지만
자신을 이기는 사람은 인생의 승자이다.

뽐내는 사람은 되레 불화를 부르게 되며
뽐내지 않으면 외려 성공을 이루게 된다.

어리석은 사람은 귀로 들은 것을 말하고
지혜로운 사람은 눈으로 본 것만 말한다.

상대를 잘 아는 사람은 눈치 빠른 사람이지만
자신을 잘 아는 사람은 반드시 잘될 사람이다.

어떤 사람으로 남고 싶은가?

어찌 보면 작은 선택일 수 있지만

비범한 삶이란 작은 선택에 달렸다.

## 흔들리고 버리고 받아들어라

—

1. 그냥 내려놔!

집착하지 말고, 그냥 탁! 놔 버려!

생각을 어떻게 하느냐가 중요해

뭐든 가볍게 생각해

이미 떠나 버린 건 너무 집착하지 마.

2. 유연한 사고를 가져!

너무 뻣뻣하게 반응하지 마.

태풍처럼 휘몰면 인생 괴로워진다.

가볍게 유연하게 풀어가라.

### 3. 문제가 생기면 대가를 치를 거라 생각해!
그리고 일상은 가볍게 넘겨라
문제가 생길까 전전긍긍 살지 마.

### 4. 바라는 마음을 버려!
마음이 허전한 것은 욕심 때문이다.
무언가를 바라는 마음을 버려라
그러면 허전함도 사라진다.

### 5. 누군가를 미워하지 마!
이런 마음을 갖는 것 자체가 감정 낭비고 시간 낭비야.
사소한 것들은 훌훌 털어버리고 용서와 관용을 베풀자.

인생은,
받아들이는 순간 편해지고 넓어진다.

## 상처받지 않는 관계에 대하여

—

지금 인간관계 때문에 고민이라면 딱 두 가지만 기억하라.

**─상대에게 기대지 마라**
**─상대에게 기대하지 마라**

기대지 않으면 거리가 생기고, 딱 그 거리만큼 방어할 수 있는 공간이 생긴다. 무엇보다 중요한 것은 그 누구에게도 기대하지 마라. 아무리 소중한 사람이라도 기대하지 않으면 실망할 일도 생기지 않는다. 기대가 없는 관계라는 말이 차갑게 느껴질 수 있지만 기대가 없는 관계란 서로를 인정하고 받아들이는 관계의 기본이 된다.

## 상대의 진심을 알고 싶다면

—

모르는 게 좋겠으나 누군가의 진심이 궁금하다면, 이런 상황을 겪어보면 알 수 있다.

### 1. 상대의 요구를 거절하게 됐을 때

상대를 존중하고 배려하는 사람은,

자신의 요구가 거절당하더라도 오히려 미안함을 갖거나

그 행동에 대해 서로 어색하지 않게 배려하며 양해를 구한다.

상대를 함부로 생각하는 사람은,

거절 자체를 받아들이지 못하고

무조건 상대 탓을 하며 상처를 준다.

—

## 2. 많은 사람과 함께 있을 때

상대를 깎아내리며 본인을 돋보이게 하려거나
자존감을 높이려는 행동을 한다면, 이중적인 사람이다.
둘이 만날 때와 다른 모습이라면 그것이 그 사람의 본심이다.

## 3. 불편한 부분을 직접 물어야 할 때

무시 당한다 생각되면 그 감정의 느낌을 용기 있게 물어라.
당신을 존중한다면 그 부분을 자세하게 설명할 것이며,
당신을 가볍게 생각한다면 화를 내거나 웃으면서
그 상황을 가볍게 넘기려 할 것이다.

배려와 존중을 아는 사람은 어떤 누구도 쉽게 대하지 않는다.
특히, 필요할 때만 연락하는 사람, 자기 기분대로 말하는 사
람, 상황에 따라 사람에 따라 다르게 행동하는 사람을 만났
다면 이런 사람과의 관계는 생각해 봐야 한다.

인간관계 정답은 없다.

하지만, 자신과 맞지 않는다면

그 관계를 과감히 정리해야 한다.

## 적에게 배우는 삶의 기술

—

사람은 누구나 인간관계를 통해 좋은 관계가 되기도, 싫은 관계가 되기도 한다.

싫은 사람은 "만나지 않으면 그만이야"라고 생각하는 사람도 있겠지만, 인간관계는 그리 쉬운 게 아니다. 굳이 적을 만들고자 하지 않더라도 인생 안에서 적이 생기는 것을 모두 막을 수는 없다. 어떤 때는 "적"이라는 존재가 큰 스트레스 요인이 됐다. 하지만 언젠가부터 다른 방식으로 생각하기로 했다.

첫째, 적이 생겼다는 것은 분명 자신에게도 문제가 있다는 것이다. 적으로 인해 걱정하거나 고민하기에 앞서 자신의 문제를 인정하고 받아들이며 개선하려는 자세를 가지려 노력하는 것이 중요하다.

**둘째,** 어떤 문제로 적이 생겼든 그 관계를 머릿속에서 폐기해야 한다. 완전히 잊는 것이다. 개선하려는 의지를 갖되 문제가 생긴 관계를 내 안에 오래 묵힐 필요는 없다는 말이다. 쿨하게 털어내고 멀어져야 할 시간이란 말이다.

**셋째,** 주변 사람에게 알린다. 만나는 모든 사람에게 그럴 필요는 없지만 문제가 되는 사람과 얽혀 있는 관계라면 지금의 상황을 객관적으로 전달할 필요는 있다. 다만 절대 상대의 험담을 하지 않는다. 불편한 관계이니 더 이상 거론되는 것을 예방하는 차원의 방법이다.

**넷째,** 적을 만들지 않기 위해 노력은 하되 적이 생기는 것을 두려워하지 않는다. 적을 만들지 않는 방법이 한쪽의 희생으로만 되는 관계라면, 그런 관계는 적이 되는 쪽이 더 낫다. 다만 아무리 나쁜 관계의 끝이라도 예의 있는 끝마침은 필수이다.

**다섯째,** 적이라 할지라도 험담을 하지 않는다. 살면서 점점 중요하게 생각되는 과제다. 내 마음에서 아무리 나쁜 사람으로 정의된 이라도 그 마음을 그 누구에게도 발설하지 않는다. 누군가를 향한 험담은 결국 나에게 그대로 돌아오기 마련이다.

현대를 살면서 적을 0으로 만드는 것은 불가능한 일이다. 하지만 적에게 배울 것이 있다면 그 역시 배우고 고치고 나아가는 사람이 되어야 한다.

## 부자처럼 생각하고 행동하라

———

도대체 왜?

가난한 사람(빈자)은 계속 가난해지고,

부자는 숨을 쉬는 순간에도 부자가 되는 것일까?

생각보다 해답은 단순하다.

부자와 가난한 사람들은 인생에서 많은 차이점이 있다.

먼저 두 그룹의 중요한 차이는 '관점'에 있다. 관점이란 어느

현상을 관찰할 때 그것을 느끼는 생각과 태도이다.

그렇다면 가난한 사람과 부자는 어떻게 관점이 다를까?

———

## 1. 돈에 대한 생각

빈자 : '왜 이렇게 돈이 없을까?', '왜 이렇게 가난할까?'라는 부정의 생각을 먼저 갖는다.

VS

부자 : '어떻게 하면 돈을 더 벌 수 있을까?'라는 고민을 숨을 쉬듯 항상 한다. 달라지지 않는 걱정과 현실 도피보다는 당장 달라질 수 있는 방법을 설계하고 행동으로 옮긴다.

## 2. 공짜를 대하는 태도

빈자 : 공짜라면 시간을 내서라도 어떻게든 얻으려고 한다.

VS

부자 : 공짜를 경계한다. 세상에 노력 없는 소득은 없다는 마인드를 가지고 있다. 아무리 공짜라도 내 소중한 시간을 들여서는 그것을 얻으려고 하지 않는다.

## 3. 시간을 대하는 자세

빈자 : 쓸데 없는데 시간 낭비를 많이 한다. 특히 건설적이지 못한 시간을 보내는 것에 무감각하다.

VS

부자 : 나와 상관없는 곳에는 절대 시간과 감정 소비를 하지 않는다. 도움이 되지 않는 곳엔 자신의 소중한 시간과 감정을 낭비하지 않는다. 시간을 누구보다 귀하게 생각하고 발전적인 시간에 공을 들인다.

## 4. 새로운 분야에 대한 도전 의지

빈자 : 폐쇄적이다. 자기가 모르는 분야는 관심을 끄거나 무시해 버린다. 결국 누군가의 도움을 받기를 거부하고 스스로 견문을 넓힐 기회를 차버리는 결과를 갖는다.

VS

부자 : 개방적이고 겸손하다. 모르는 분야에 대해서는 수긍하고 배우려는 자세를 가지고 있다. 다른 분야의 사람에 대해서도 존경과 배려로 상대를 대한다.

여기서 공통점은 부자든 가난한 사람이든 자신의 삶을 개선하고 긍정적인 목표를 추구한다는 것이고, 다른 점은 목표는 같으나 지향하는 '관점'이 다르다는 것이다. 바라보는 관점에 따라 부의 미래가 달라진다는 것을 명심해라.

## 싫은 사람일수록 '장점'을 봐야 하는 이유

—

우리는 누구나 인간관계를 맺는다.

좋은 사람도 있고 나쁜 사람도 있다.

관계 형성에 있어서 '중요한 철칙'이 있다!

아무리 친해도 절대 누군가의 '험담은 안 하는 것!'

상대가 있건 없건 험담은 안 하는 게 무조건 좋다.

험담은 상대가 언젠가는 알게 되기 때문이다.

아무리 억울한 일이 있어도 뒷담화를 하진 마라.

차라리 앞에서 말하라. 당당하게!

상대 단점을 보지 말아야 하는 결정적인 이유는,

—

인간은 무의식적으로 따라 하는 습성이 있기 때문이다.
결국 자신이 싫어하는 그 사람의 단점을
자신도 모르게 따라할 수 있다는 거다.

어느 순간 당신도 그와 같은 사람이 될 수 있다.

최대한 그 사람의 장점만 보자.
누구에게나 장점과 배울 점은 있다.

# 믿음 가는 사람을 사귀어라

—

살면서 '믿을 수 있는' 친구 한 명만 있어도 성공한 인생이다.
'지금 내 주변에도 그런 사람이 있을까?' 고민이 되거나
그런 친구를 사귀고 싶다면 이렇게 생각해 보자.
믿음이 가는 사람들에게는 이런 특징이 있다.

## 1. 들을 때 '신중히' 잘 듣는 사람

10번 듣고 1번 말한다는 생각으로 상대의 얘기를 잘 들어주
는 것에 더 신경을 쓴다. 겉으론 말수가 적은 사람처럼 보이
겠지만 사실은 깊이가 있고 진중한 사람인 것이다.

## 2. '척'하지 않는 사람

—

그 어떤 '척'도 하지 않는 사람을 만나자. 잘난 척, 귀한 척, 잘 사는 척 등등. 그 어떤 배경을 내세우기보다 사람 자체로 평가받기를 원하는 사람을 곁에 둬야 한다.

### 3. 함부로 '평가'하지 않는 사람

보이는 것으로 함부로 평가, 판단하지 않는다.
사람은 가치관과 성향이 다르다는 것을 인정하는 것이다.

영국 속담에 "지혜는 들음에서 생기고,
후회는 말함에서 생긴다"는 말이 있다.
말에는, 힘과 영향력이 있기 때문에
말하기 전에 신중을 기해야 한다는 것이다.

'속이 텅 빈 사람'은 겉으로 보이는 것을 중요시하고,
'속이 꽉 찬 사람'은 내 것을 잘 드러내지 않는다.

결국, 말을 많이 해서 드러내는 사람보다
많이 듣는 사람이 지혜롭고 성숙하고
믿음 가는 사람이다.

만약 주변에 이런 사람이 있다면
신중하게 잘 사귀어 보자.

평생의 친구가 되어줄지도 모른다.

# 사람 안에서 진짜 강해지는 법

—

## 1. 남의 평가에 기죽지 말 것

남이 무시하고 냉담하더라도 그냥 무시해라.

인생은 상대의 시선으로 사는 게 아니라

자신의 시선으로 살아가는 것이다.

정말 중요한 것은 타인의 시선 따위 신경 쓸 겨를조차 없는

자신의 미래에 집중하며 사는 것이다.

## 2. 사람에 집착하지 말 것

진정한 친구 한 명만 있어도 성공한 삶이다. 떠나가는 사람

잡지 말고 오는 사람 막지 마라.

### 3. 할 말은 꼭 할 것

남 눈치 보는 사람은 할 말을 못 하는 경우가 많은데 이러면 언젠가 더 크게 터진다. 뒤탈 없는 관계가 되려면 조금은 불편하더라도 할 말은 꼭 해야 한다.

### 4. 무조건 마음을 다하지 말 것

상대가 떠날까 두려운 마음에 상대에게 몸도 마음도 다 주는 그런 사람이 있다. 남에게 헌신하기보다는 자신의 성장을 위해 시간을 쓰는 게 중요함을 알아야 한다.

### 5. 가까울수록 선을 지킬 것

선을 지키기 위해 우리는 싸우는 것이다. 서로 지킬 것을 지키면 싸울 일도 없다. 상대가 선을 넘는다면 과감히 그 관계를 정리해야 한다. 그렇지 않으면 상대는 나를 얕보고 무시하고 더 함부로 대할 것이다.

어렵겠지만 마음을 단련하자.

강해지려면 이를 이해해야 하고 조절해야 한다.

사람에 너무 집착하지 말고 기대하지도 마라.


결국, 떠날 사람은 떠나고 남을 사람은 남는다.

---

# 마음을 움직이는
# 도구를 찾는다면

"인생을
바꾸려면 지금
당장 시작하여
대담하게 실행하라."
예외는 없다."
월리엄 제임스

길 위에서 좌표를 잃은 이에게
나침반이 큰 도움이 되듯
삶 위에서 방황하는 이에게도 도구가 필요하다.

하지만 삶을 일으키는 도구는
생각보다 복잡하지 않고 단순할 때가 많다.
이미 우리가 가지고 있는 것일 때가
더 많다는 것이다.

다만 발견하고 질문하고 사용하고
달라지느냐가 성패를 가를 뿐.

## 호구가 되지 않는 대화법

—

이상한 일이다. 안 좋은 말이지만 관계에서 '호구'가 되는 사람들은 반드시 존재한다. 하지만 또 무서운 것은 어느 순간나 자신도 모르게 호구가 되어 버리는 경우가 생기는 것이다. 어쩌면 호구가 되는 것도 습관일지 모르겠다 생각했다. 우선 관계 안에서 이런 고민이 있다면 대화법부터 체크해보자.

### 1. 침묵을 두려워하지 않는다.
말을 줄이면 실수할 일도 함께 줄어든다. 무엇보다 입보다귀를 열면 상대를 정확하게 판단해 대처할 수 있게 된다.

## 2. "호", "불호"를 확실하게 전달한다.

자신만의 기준을 세우고, 그 기준을 정확하게 전달하는 일을 두려워하거나 미루지 말아야 한다. 두루뭉술한 사람보다는 조금은 유별난 사람이 되는 것도 나쁘지 않은 방법이다.

## 3. 굳이 착하지도, 나쁘지도 않은 자세가 중요하다.

우선 한 가지를 기억하면 된다. 굳이 타인에게 착한 사람으로 남을 필요는 없다. 타인에게 착해지는 만큼 내가 양보하게 되는 일이 많아질 테니. 하지만 그렇다고 아주 거만하거나 나쁜 이미지가 될 필요는 더더욱 없다. 착함과 나쁨의 경계를 정해 그 기준을 따라 가면 된다.

## 4. 관계에 인생을 걸지 않는다.

좋은 관계든 나쁜 관계든 이런 질문을 먼저 해 본다. '인생을 걸어볼 만큼 중요한 관계인가?' 기대하지 않으면 상처받을 일도 없고, 상처받지 않으면 굳이 관계 안에서 호구가 될 일도 없다.

## 5. 일정한 간격을 두고 관계를 맺는다.

어떤 사람과 관계를 맺고 유지를 하든 일정한 간격을 무너트리지 말아야 한다. 간격이 유지되는 만큼 그 관계 역시 건강하게 유지할 수 있다.

단 한 가지만 기억하라.

내공이 강한 사람이 되어야 한다.

속이 단단한 사람은 그 누구의 눈치를 보지 않고

당당하게 자신의 길을 갈 수 있는 사람이다.

## 매력 멘토를 찾아라

—

꼭 이런 사람이 한 사람 정도는 생각날 것이다. 절대 미워할 수 없는 매력을 가진 사람. 생각하면 기분이 좋아지는 사람. 그런 사람을 매력 멘토로 정하고 자세히 관찰하면서 내 삶에 적용해 본다. 만약 매력 멘토를 찾기 어렵다면, 이렇게 생각해 보자.

1. 자신에 대한 확신으로 어디서든 당당해져라!
2. 항상 긍정적이고 낙천적인 태도를 유지하라!
3. 상대에 대한 존중과 배려를 습관화하라!
4. 건강한 생활 습관으로 자기 관리에 늘 신경써라!
5. 사람들과 소통에 신경 쓰고, 유연하게 행동하라!

—

이들의 가장 큰 특징은 '당당하고 자신감이 높다'는 것이다.

근자감이 아닌 반박 불가의 자신감이다.

결국, 매력적인 사람은

겉치레가 아닌 '내실을 다진 사람'이다.

## 긍정도 습관이다

—

사람은 본능적으로 밝고 긍정적인 사람에 끌린다.
긍정적인 사람에게는 좋은 기운이 있기 때문이다.
나아가 함께하는 사람도 좋은 영향을 받게 된다.

반대로 어둡고 부정적인 사람이 많으면 인생도 비슷하게 흐
른다. 매사 반대하고 부정적인 생각으로 일을 그르칠 것이기
때문이다.

1. 나는 뭐든지 해낼 수 있다.
2. 나는 매일매일 발전하고 있다.
3. 나는 나의 길을 잘 가고 있다.

—

4. 나는 정말 가치 있는 사람이다.

5. 나는 분명 잘될 것이다.


매일 습관처럼 이 문장들을 꼭 새겨라.

매일매일 이 문장들을 소리 내어 읽으며 긍정의 힘을 채워라.

긍정의 기운은 곧 성공의 기운이다.


긍정의 말 습관은 당신을 성공에 이르게 할 것이고,

부정의 말 습관은 당신을 절망으로만 이끌 것이다.

# 적을 만들지 않는 대화법

—

1. 상처 주는 말은 자제하라.

맞고 틀림도 중요하지만, 상대의 감정이 건드리는 말은 자제
하라. 아무리 도움이 되는 조언이라도 배려가 없는 말은 독과
같다.

2. 칭찬에 인색해지지 마라.

칭찬에도 예의와 센스가 필요하다. 칭찬에 인색하지 않되 때
와 장소, 상황, 사람에 맞춰 적당한 칭찬을 하는 것이 포인트.

3. 험담은 하지도 말고 듣지도 마라.

절대 잊지 말아야 한다. 험담은 언젠가 반드시 상대의 귀에

들어간다. 결국 험담한 사람과는 적이 되고, 같이 험담한 상대에게조차 험담이나 하는 불신의 대상으로 치부될 수 있다. 험담하는 무리에 껴있다면 그 자리를 조용히 피하는 게 좋다. 피할 수 없다면 다른 주제로 대화의 방향을 돌리도록 유도해 보자. 대화의 주제가 바뀌지 않는다면, 험담에 동조하지 말고 중립적인 입장으로 대처하는 게 좋다.

## 4. 안 맞는 사람하곤 최대한 거리를 둬라.

싫은 사람을 상대하다 보면 나도 모르게 싫은 티를 내게 된다. 이러한 상황이 반복되다 보면 실수를 하게 되고 별것 아니지만 크고 작은 상처가 쌓이게 되면서 결국 안 좋은 결과를 맞게 된다.

## 5. 함부로 무시하는 행동을 하지 마라.

상대를 무시한다고 자존감이 오르는 것이 아니다. 아무리 약한 상대라도 적이 된다면 치명적인 사람이 될 수 있다는 점을 명심해야 한다.


자신의 기분에 따라 타인을 함부로 대하거나 상처 주는 말을
거리낌 없이 하는 사람들이 있다. 나중에 후회해도 늦는다.
상대가 그 자리에서 내색하지 않았다고 아무 문제가 없었던
것이 아니다. 감정이 상해서 결국 내게 등을 돌리게 되고, 심
하면 적이 되기 때문이다.

어떤 경우에서도 그 어떤 사람도 우습게 보거나 함부로 대해
서는 안 된다.

# 공감하고, 공감하고, 또 공감하라!

—

공감 능력을 키워라. 공감 능력이 떨어진다고 나쁜 사람은 아니지만, 공감 능력이 좋은 사람이 좀 더 빨리 성공의 길로 갈 수 있다. 좋은 사람들과 공감 능력을 키우고 싶다면 두 가지를 기억하라.

## 1. 경청하라!

상대의 말을 잘 듣고 센스 있게 호응해야 한다. 경청만 잘해도 상대에게 큰 호감을 얻을 수 있다.

## 2. 존중하라!

가까운 사람일수록 함부로 대하면 안 된다. 인간관계에서 문

—

제는 꼭 선을 넘기 때문이다. 어떠한 경우라도 그 선을 넘어서는 안 되는 것이다. 선을 넘는 순간 멀어지고 오해하고 상처받는다.

# 반드시 곁에 둬야 할 사람

—

인생은 주변 환경 특히 사람의 영향을 크게 받는다.
부모, 스승, 친구 등 어떤 성향의 누구와 함께 하느냐에 따라
인생이 달라진다.

이런 친구가 주변에 있다면 반드시 함께 해야 한다.

## 1. 긍정적인 친구

잘 웃고, 낙천적인 사람이다. 이들은 사람들을 편안하게 해
주고 어떤 상황에서도 긍정적인 태도를 유지한다.

## 2. 배려가 진심인 친구

존중과 배려가 몸에 배어 있는 사람이다. 이들은 기본적으로 상대 얘기를 잘 들어주고 기분 좋게 상대를 대한다.

### 3. 자신감이 높은 친구

뭐든 해낼 거 같은 사람이다. 이들은 스스로를 너무 잘 알고 있다. 그래서 자신에 대한 확신과 긍정적인 마인드가 장착되어 늘 자신감에 차 있다.

### 4. 친화력이 좋은 친구

상대가 누구든 늘 이해하려 노력하는 사람이다. 그러면 사람들이 모이기 시작하고 친밀감과 신뢰가 쌓이게 된다.

### 5. 자기관리가 꾸준한 친구

규칙적으로 꾸준히 운동하며 자기관리를 하는 사람이다. 건강이면 건강, 외모면 외모, 패션 센스와 철학까지 관리가 철저하다. 자신을 사랑할 줄 아는 사람이 타인을 사랑할 수도 있는 사람이다.


사람은 가까이 있는 사람을 닮아가는 성향이 있는 특별한 존재이다. 반복되는 말이지만 이 인생의 원리를 절대 잊지 말아야 한다.

좋은 친구를 곁에 둬야 좋은 길로 갈 수 있다는 것을 명심하자.

## 먼저 좋은 사람이 되어야 한다

—

좋은 사람을 만나는 것보다
내가 좋은 사람이 되는 것이 먼저이다.
결국, 좋은 사람을 만나고 싶다면
내가 먼저 달라져야 한다.

—

# 천금보다 빛이 나는 사람은

---

잘못된 습관은 쉬우나 사람을 병약하게 만들고
좋은 습관은 어려우나 매일을 건강하게 만든다.

매일 매일이 건강한 에너지로 채워지면 삶의 어떤 변수가 와
도 건강하게 해결할 수 있게 된다. '성공'이 꼭 일이 잘되는
것을 의미하거나 돈을 많이 버는 것만을 의미하는 것은 아니
다. 자기 자신에게 당당하고 내일이 두렵지 않으며 항상 빛
이 나는 사람을 의미하기도 한다. 빛이 나는 사람이 되고자
한다면,

1. 자신을 낮추고, 사람들과 소통을 잘하려 노력해야 한다.

---

2. 자기 경험과 지식을 공유하고 사람들과의 협력을 통해 끊임없이 성장해야 한다.

3. 자신을 과시하지 않고 자신이 무조건 옳다고 생각하지도 주장하지도 않아야 한다.

# 절대 지지 않는 대화의 기술

—

## 1. 화내지 마라

아무리 억울해도 흥분하고 화내지 마라.

흥분하면 무슨 일이든 그르친다.

## 2. 단순하게 짧게 하라

간단명료하게 짧게 말하라. 길면 실수하게 마련이다.

## 3. 덤덤하게 대응하라

동요하지 마라. 덤덤하게 대응하면

상대는 제풀에 지쳐 떨어진다.

## 4. 절대 선은 넘지 마라

싸울 게 아니라면 선 넘는 발언은 절대 삼가라.


## 5. 거짓말은 하지 마라

거짓은 곧 들통난다. 이는 큰 약점이 되어 돌아온다.


대화는 상대의 이해와 존중을 기반으로 하는 것이다.

상황에 따라 적절한 대응을 통해 대화를 이어나가는 것이 중요하다. 대화가 말싸움으로 변질되는 경우가 있는데. 이런 행동은 피해야 한다. 상대도 나도 득이 없는 최악의 결과로 치닫는다는 걸 잊지 마라.

# 성공 마인드셋 5가지

—

## 1. 스스로를 끊임없이 응원한다.

내가 나를 응원하지 않으면 그 누구도 나를 사랑하지도 응원
하지도 않는다.

## 2. 사랑을 두려워하지 않는다.

사랑은 사람을 한 단계 성장시켜 주는 좋은 에너지다.

## 3. 상처를 두려워하지 않는다.

아픈 상처는 사람을 더욱 단단하게 만들어 준다.

## 4. 막힘없이 나아간다.

—

두려움 없이 나아가다 보면 가고자 하는 길이 보인다.


**5. 항상 좋은 다짐을 한다.**

'나는 반드시 나아질 거야', '나는 반드시 좋아질 거야', '나는 반드시 잘될 거야' 매일 긍정에 긍정을 더하라.



삶의 목표가 있다면

돌아보고, 바로잡고, 행동하고, 견뎌내라.

남들보다 부족하고, 나약하며, 무능하다 해도,

내 모습 그대로, 앞으로 나아가기를 두려워하지 마라.


인생은,

바로잡을 '마음의 자세'에 달려 있다.

# 잘되는 사람은 습관부터 다르다

—

성공, 즉 원하는 결과를 도출하려면 목표를 향한 자세가 중요하다. 누구나 성공을 바라지만 누구나 성공하지는 못하는 까닭이다.

성공의 길을 가려면
성공한 사람들의 모습을 본받으면 큰 도움이 된다.

다음은 성공하는 사람들의 특징들이다.
자신에게 해당이 되는지 체크해 보면서 습관으로 만들어 보자.

1. 흔들림 없이 이루고자 하는 목표에만 집중한다.

2. 일(공) 과 일상(사) 의 경계가 명확하다.

3. 일어나지 않은 일에 대한 걱정은 오래 하지 않는다.

4. 실패와 시행착오를 과정으로 여기고 포기하지 않는다.

5. 타인과 비교하지 않으며 시간과 감정을 낭비하지 않는다.

6. 어떤 상황에서든 자기 객관화를 잘한다.

7. 어떤 관계든 적절한 거리를 유지한다.

8. 타인의 질투와 시샘을 삶의 원동력으로 이용할 줄 안다.

9. 보여주기식이 아닌 자신만의 건강한 삶의 루틴이 있다.

10. 매사에 긍정적이며 안 좋은 일은 빨리 잊는다.

11. 지나간 과거보다 미래를 위해 현재에 더 집중한다.

12. 힘들 때마다 처음 시작했던 설렘과 감사함을 상기시킨다.


이런 사람은 결국 원하는 결과를 이뤄낸다.

성공하는 사람들의 특징 중 가장 중요한 건

이를 유지하기 위한 '인내심'이 남들보다 강력하다는 것이다.

# 내 사람을 만들고 싶으면

—

이제는 너무도 잘 알겠지만 삶에서 내 사람을 만난다는 것만큼 희귀한 경우는 없다. 만약 그 불가능에 도전하고 싶다면 사람을 내 인생에 들여놓기 전에, 들여놓고 난 후에 끊임없이 질문해야 한다.

## 1. 예측 가능한 사람인가?

살면서 가장 힘든 것은 예상치 못한 일이 생겼을 때이다. 사람도 마찬가지다. 속을 알 수 없는 예측 불가능한 사람은 언젠가 문제가 생긴다. 자기를 숨기지 않는 진실한 사람을 가까이 해라.

## 2. 나와 잘 통하는 사람인가?

서로의 비밀을 숨김없이 공유했다고 좋은 관계가 아니다.
말로는 표현할 수 없는 것들이 있다. 말이 없어도 공감하고
모르는 척 넘어가 주는 사이가 좋은 관계다.

## 3. 나를 존중해 주는 사람인가?

친할수록 상대를 배려하고 존중해 주는 사람이라면 믿을 만
한 사람이다. 친할수록 상대를 함부로 대하는 사람이라면 멀
리해야 할 사람이다.

## 4. 좋은 말투를 쓰는 사람인가?

좋은 말투를 쓴다는 것은 기본적으로 바르고 좋은 사람이다.
함부로 말하는 사람은 상대도 함부로 대할 가능성이 높다.

## 5. 겸손한 사람인가?

자신의 부나 명예를 티 내지 않는 사람은 겸손한 사람이다.

---

겸손한 사람은 곁에 두면 둘수록 빛이 나는 관계가 될 것이다.

## 6. 배려와 존중을 아는 사람인가?

상대를 존중하고 배려하는 사람은 주변 사람에게 긍정적인
영향을 주는 사람이다.


매 순간 관계에 질문을 던지며
개선하고 정리하고 나아가야 한다.
만약 개선되지 않는 관계라면
빨리 정리하는 것이 서로에게 좋다.

# 친할수록 꼭 숨겨야 하는 5가지

—

믿었던 사람에게 배신당하거나
이유 없이 당신을 미워하는 사람이 있다.
실제로 이런 일은 가까운 사이에서 빈번하게 발생한다.

아직까진 운이 좋았다 해도
언젠가 한번은 꼭 생길 수 있는 일이다.
그러니 이것만은 주의하자.

## 1. 돈 자랑 경계령

드러내면 오히려 손해만 보는 것이 돈 자랑이다.
가까운 사이가 시기와 질투가 더 심하다.

—

## 2. 약점 절대 들키지 마라

자신의 약한 부분을 드러내지 마라.

약점을 말한다는 것은 상대가 당신을 '배신하게 됐을 때' 가장 큰 리스크가 된다. 인간관계에서의 배신은 항상 가까운 사이에서 생긴다는 것을 명심해야 한다.

## 3. 험담은 부메랑

말은 돌고 돈다. 무엇보다 험담을 한 사람은 누구에게나 그럴 수 있는 사람이며 절대 곁에 두면 안 되는 사람이다.

## 4. 사생활은 꼭 지켜!

믿었던 사람이라 털어놓은 나의 속 깊음 말이 관계가 틀어지면 가장 치명적인 약점이 되어 돌아오게 된다. 오늘의 동지가 내일은 적이 되는 게 인간관계다.

## 5. 남의 비밀에는 침묵하라!

누군가 내게 비밀을 털어놨다는 것은 나를 믿고 신뢰했기 때문이다. 생각 없이 남의 비밀을 발설한다면, 나를 믿었던 소중한 인연마저 잃게 될 것이다.

# '진짜 강한 사람'은

—

강한 사람과 무서운 사람을 구분할 수 있는가!?
세상은 소수의 강한 사람들이 지배하고 만들어가는 곳이다.
진짜 강한 사람들은 이런 행동을 하지 않는 사람이다.

1. 감정 낭비를 하지 않는다.

감정적으로 대응하기보다 침착하게 생각하고 대처한다.
휘두르려 하지도 휘둘림을 당하지도 않는다.

2. 컨트롤할 수 없는 일은 불평불만하지 않는다.

이미 발생한 상황에 대해 불평하지 않고 받아들인다.
할 수 있는 일에 '선택과 집중'한다.

—

### 3. 처한 상황을 탓하지 않는다.

삶이 쉽지 않고 만만하지 않다는 것을 인정하고 받아들인다.
상황을 탓하며 쓸데없이 시간을 낭비하지 않는다.

### 4. 당장의 결과를 기대하지 않는다.

변화에는 시간이 필요한 것을 알기에 최선을 다하고 묵묵히
기다린다.

### 5. 진심을 다하지만 아쉬워하지 않는다.

상대에게 무언가를 기대하며 일을 하지 않는다. 가치관을 우
선으로 하며 행동에 따른 대가는 스스로 치른다는 생각을 갖
는다.

# 내 편으로 만드는 설득의 기술

—

세상에서 가장 큰 무기는 사람의 마음을 얻는 기술이다. 우리의 삶은 설득의 연속이다. 설득하고 설득당하는 것이 인생이고 인간관계다.

그럼에도 사람 마음이 어렵고 설득의 기슬이 필요하다면,

1. '설득'하려 하지 마라
아이러니하게도 오히려 설득하려 하지 않을 때
설득력이 생긴다.

2. '잘 보이려' 하지 마라

상대의 배경, 외적인 것에 혹하여 잘 보이려 하지 마라
호감을 얻는 건 잠시일 뿐, 상대의 이기심만 키워주게 된다.


## 3. '진실'이 아니면 말하지 마라

상대에게 이익이 되더라도 거짓으로 이룬 성과는 결국, 손해
가 되기 때문이다


## 4. '손해'면 진실이어도 말하지 마라

사람은 간사하다 손해라면 진실이어도 나쁘게 생각한다.


## 5. '칭찬'은 기대하지 않을 때 하라

대단하지 않은 일을 했을 때나,
기대하지 않을 때 칭찬해라!
이때가 훨씬 효과적이다.

상대를 내 편으로 만드는 최고의 방법은
화려한 '언변'이 아니다!
당신의 성공 경험의 '조언'도 아니다!

상대를 내 편으로 만드는 최고의 방법은
상대의 마음을 진심으로 잘 들어주는 '경청'이다.

Station 3. 관계

때로는 유연하게
자주 당당하게

"자신을
믿는 순간,
어떻게 살아갈지를
알게 된다."
요한 볼프강
폰 괴테

후회 속에 묵혀둔 감정과 결별하고
새롭게 나아가고 싶다면
생각보다 자주 자신을 믿고,
지금보다 더 유연해져야 한다.

유연하다는 것은 흔들리더라도
나아간다는 말이며,
당당하다는 것은 절망하되
나아간다는 말이다.

## 최고의 복수

—

상처 준 사람에 대한 최고의 복수는
'그 사람보다 무조건 잘 사는 것'이다.

굳이 복수에 연연하지 마라.
그렇다고 용서하라는 것이 아니다.
시간과 돈을 드려 애쓰지 말라는 것이다.

그 사람 신경 쓸 시간에
스스로 잘 되는 것에 집중하는 것이
더 중요하다는 말이다.

—

더 이상 철 지난 인연에 소중한 시간을 낭비하지 말자!
상처받았던 모습을 버리고 자기 자신을 지킬 줄 아는 사람으
로 다시 태어나자. 착하지만 강하게 행동할 줄 아는 사람으
로 다시 태어나자.

분명, 할 수 있다.

# 타인의 무례함 앞에서

—

상대를 은근히 무시하면서 공격하는 사람이 있다.
참 유치한 행동이다. 하지만 이런 유치한 행동에 생각보다
상처를 받는 경우가 많다.

만약 누군가 무례한 말을 한다면 이렇게 대응하자.
제일 좋은 방법은 그 사람이 비꼬면서 말하고 있을 때
바로 직접적으로 그 질문에 대해 '역으로 질문하는 거다.'

"요즘 무슨 일 있어? 스타일이 영 별로네…"
상대가 이렇게 비꼬면서 말을 한다면!
"그게 정확히 무슨 의미야!?" 하고

그 사람을 주시하며 당당하게 말한다. 여기서 중요한 점은, 최대한 담담하게 얘기하는 거다.

그러면 상대는 상대의 당당한 반응에 당황하게 될 것이다. 그리고 그 상황을 무시하거나 회피하려고 할 것이다. 왜냐하면 생각 없이 던진 말이거나 평소 태도가 그랬을 테니 정당한 답을 할 수 없을 것이다.

이렇게, 상대가 무시하는 행동이나 비꼬는 말을 한다면, 절대 그의 말에 수긍하지 말고, 움츠러들지도 말고, 그 질문의 의도가 무엇인지를 당당하게 되물어라!

때때로 피하는 것이 아니라 상대하기 싫어 참아주는 경우도 있다. 하지만 그렇게 한 번, 두 번 참아주게 되면 상대는 그렇게 계속 행동하게 될 것이다. 상대방의 무례함을 절대 참거나 웃으며 넘기지 말아야 한다. 당당하게 자신 기분을 표현

---

하고, 상대방의 자세를 교정해야 한다. 어떤 방법을 쓰든 상대방의 무례함 앞에서 주눅 들거나 노여워만 하지 마라. 결국 스스로 지켜나가야 하는 문제다.

# 무례한 사람 앞에선 절대 웃지 마라

—

상대를 무시하며 깔보는 사람이 있다. 고의든 아니든.
웃으며 넘길 수도 있겠지만, 그냥 넘길 경우
같은 상황이 반복될 가능성이 매우 높다.
사람을 가볍게 보고 무시하는 상대에게
"허허허" 웃으며 넘기는 경우가 있는데
이렇게 할 필요가 없다!

무례하고 무시하는 사람에게는
당신이 받은 느낌으로 똑같이 대하라!
이런 사람에게 배려는 사치다.
이때 중요한 건 정색하며 받아치는 것보다

—

'아무렇지 않은 듯' 담담하게 대응하는 것이다.


누군가의 무례 앞에서 절대 웃지 마라.

무례도 습관이다.

그걸 참아주면 늘 그런 사람으로 남을 것이다.

## 관계는 앞으로 흐른다

—

친구와 사소한 의견 차이로 관계가 틀어진 적이 있다.
오해로 생긴 일에 대한 사과를 하지 않았던 탓에
친구와 관계는 더욱 멀어지게 되었다.

시간이 지나 지난 안 좋은 감정이 조금은 가라앉을 즈음
생각했다. '다시 좋은 관계로 돌아갈 수 있을까?'

쉽지 않은 질문이었고, 답도 쉽게 낼 수 없었다.

생각해 보면, 틀어졌던 관계를 다시 교정하려면
그 전보다 더 많은 노력이 필요하다.

—

이미 망가진 건강을 다시 찾는 것만큼이나 어렵다는 말이다.

'좋았던' 지난 관계를 생각하며
'지나간' 인연을 놓지 못하게 되는 경우가 있다.
지난 관계를 돌이키려면 자신의 노력을 걸어야 한다.
만약 그럴 자신이 없다면 애초에 돌아보지 말자.

관계는 앞으로 흐른다.
높은 곳에서 떨어져 아래로 흐르는 물이
다시 위로 돌아갈 수 없는 원리와 같다.

## 조언은 입으로 하는 것이 아니다

———

살다 보면 조언을 해줘야 하는 경우가 생긴다.
조언을 할 때는 이것만큼은 주의해야 한다.

'과한 조언은 잔소리가 된다'는 것!

진정한 조언은
답을 알려 주는 게 아니라
스스로 답을 찾을 수 있도록 도와주는 거라 생각한다.

조언이 도리어 상대에게 상처가 될 때도 있다.
누군가 조언을 구한다면

———

우선은 신중히 그 사람의 고민을 잘 들어주자.
진심 어린 조언은 입으로 하는 것이 아니라
"귀"와 어른스러운 행동으로 하는 것이다.

좋은 조언은 한 사람의 인생을 이끌기도 하지만
나쁜 조언은 한 사람을 영영 잃게 될 것이다.

## 강한 사람은 오히려 조용하다

—

사소한 의견에도 목소리가 큰 사람이 있다.

이는 강한 사람이어서 그런 게 아니라

그냥 성격이 안 좋거나 '화'가 많은 사람일 확률이 높다.


정말 강한 사람은 목소리 높여 말하거나

거친 행동을 하지 않는다.

이럴 때일수록 유연하게 대처한다.

자신의 욕구나 바람을 차분하게 제대로 표현한다.

자신의 일에 자신감이 있고 꾸준히 열심히 하는 사람이다.


진짜 내공이 있는 강한 사람이 되는 방법은 간단하다.

—

자신감이다.

하지만 잊지 마라.

그 자신감은 공짜로 생기거나 타인이 주는 것이 아니다.

자신의 자리에서 자신의 일을 묵묵하게 견디며 쌓아가야 한다. 오늘 흘린 땀방울과 비례하는 것이 내공이다.

오늘의 '땀'은 절대 당신을 배신하지 않는다.

# 인간관계는 날마다 유연하게

—

이런 사람 꼭 있다. 잊지 말자. 이런 사람이 나일 수도 있다.

## 1. 지적을 잘하는 사람
어떤 상황에서든 누구에게든 꼬투리를 찾아 지적을 한다.

## 2. 너무 직설적인 사람
상대의 감정은 무시하면서 본인은 솔직한 사람이라 말한다.

## 3. 명령조의 사람
수직적으로 대화하고 상대는 비난받는 느낌을 받는다.

## 4. 항상 날카로운 사람
어떤 상황에서든 공격적인 말투로 날 선 반응을 한다.

—

이런 사람들의 특징은 주변에 사람이 많지 않다는 것이다.
속 깊은 얘기할 사람도 없고, 만나려 해도 사람들이 피한다.
뒤늦게 깨닫고 잘하려 하지만 관계가 그리 쉽게 회복되지 않
음을 곧 알게 된다.

아무리 강한 나무라도,
한 번 부러지면 절대 원래대로 돌아갈 수 없다.

관계도 마찬가지다.
믿음이 꺾이면 그 관계는 되돌릴 수 없게 된다.
갈대처럼 유연해야 하는 이유다.

늦기 전에 자신의 인간관계를 돌아봐야 하는 이유다.

## 물과 기름

—

누구나 아는 이론 중에 하나. 물과 기름은 절대 섞일 수 없다.

만약 인간관계 때문에 혹은 곁에 존재하는 무례한 사람 때문에 골머리를 앓는다면 이렇게 생각해 보자.

틀린 것이 아니라 완벽히 다른 존재일 뿐이다.

물과 기름처럼. 살면서 나이의 무게만큼 알게 된 것이 있다면 피할 수 있는 사람은 피하고, 섞일 수 없는 사람과는 굳이 섞이지 말자.

관계에서는 배려와 존중이 중요하고, 스스로 지키는 것이 얼마나 중요한 일인지 우리는 이미 잘 알고 있다.

그럼에도 우리는 꽤 자주 일상에서,
평소 생각도 할 수 없는 빌런의 존재를 만나게 된다.

어느 순간부터는 피하게 되는 사람들이 있다.

1. 타인에 대한 존중과 배려가 없는 사람.
2. 본인의 감정 통제를 못하는 사람.
3. 인내심이 매우 부족한 사람.
4. 공공장소나 약자에게 예의가 없는 사람.
5. 본인이 무례하다는 것을 모르는 사람.
6. 지난 시간에 대해 불평불만이 많은 사람.
7. 다른 사람의 노력을 깔보는 사람.

이런 사람들을 만나면 무조건 피하고 본다.
인간관계에서 절대 없는 말 '하이리스크, 하이리턴'이다.

나쁜 사람은 우선은 피하고 경계하는 것이 답일지도 모른다.
또한 혹시 내가 그런 사람은 아닐까 매 순간 돌아보는 것도
잊지 말자.

# 거리를 유지해야 하는 관계란

---

인간관계에 시련이 찾아왔다면
이런 사람들 때문일 거고,
아직 겪지 않았다면
이런 사람들을 주의해야 한다.

주변에 이런 사람이 있다면
거리를 두고 천천히 지켜봐야 한다.

## 1. '과하게' 잘한다

처음부터 너무 빠르게 친해지려는 사람이 있다. 입 안에 혀
처럼 경계마저 녹이는 사람이다. 목적 없이는 절대 이러지

---

않는다. 갑자기 과하게 잘하는 사람이 있다면, 주의하고 경계하자.

## 2. '이용'을 잘한다

이런 사람은 사람을 '장기판의 졸*'로 생각할 가능성이 높다. 상대를 이용해 이익을 얻으려 하기에 득이 되면 가까이하고 실이 되면 바로 안면몰수해 버린다.

## 3. '부탁'을 잘한다

힘들고 어렵다는 핑계로 상대에게 잘 접근한다. 그 사람 기준으로 더 능력 있는 사람이 나타났다 싶으면 그 사람에게 붙는다. 언제든 배신할 수 있는 유형의 사람이다.

## 4. '불안감'이 높다

불안으로 살기에 사람에 대한 신뢰가 높지 않다. 의심이 많고 자신만 맞다 생각하는 사람이므로 주변에 적이 많다.

---

## 5. 지나치게 '냉정'하다

상대의 어려움과 상처에 공감 능력이 떨어진다. 생각보다 단순하게 생각하면 된다. 자신에게만 너그럽고 상대에겐 시간이 지날수록 냉정한 사람이다.


인간관계는 아는 만큼 보이고,

보이는 만큼 거리를 둘 수 있다.

이런 사람들과는 적당한 거리를 유지하고,

그 어떤 경우에도 그 선을 넘지도

넘어오게도 하지 않아야 한다.

# 좋은 관계는 절대 상처만 남기지 않는다

—

관계는 좋을 수도 있고, 나쁠 수도 있다.
좋은 사람만 만날 수 없는 게 관계이다.

오늘의 친구가 내일의 적이 될 가능성은 항상 있다.
인간관계는 상호적이어야 한다.

공감 능력이 없어도 되고, 부탁만 해도 괜찮다.
하지만 그런 부재들이 상처로만 남는다면
좋은 관계는 아니다.

상처받을 수 있다. 상처받아도 괜찮다.

—

하지만 좋은 관계는 상처만 남기지 않는다.

오늘 누군가에게 상처받았다면 생각해보자.
혹시 계속 자신만 상처받고
그럼에도 자신만 배려하고 있는 건 아닌지.
상대는 혹여 말로만 배려하고
행동으로는 상처주고 있지는 않는지.

선택은 당신의 몫이다.
상처는 보너스일 테고.

## 관계는 부메랑과 같다

—

맞다. 관계는 부메랑처럼 돌아오는 거다.
혹시 지금 친구라 생각하는 사람에게 무시 받고 있거나
상처받고 있다면 주변에 이런 친구가 없는지 생각해 보자.

−필요할 때만 연락하는 친구
−호의를 당연하게 여기는 친구
−약속을 제멋대로 바꾸고 어기는 친구

−감정 제어를 못하는 친구
−'배려'라곤 눈을 씻고 봐도 찾을 수 없는 친구
−자기 잘못은 없고, 언제나 남 탓만 하는 친구

—

–뒷담화가 습관인 친구

–자기 기분대로만 행동하는 친구

–부정적이고 습관적으로 욕하는 친구


–믿었는데 내 험담하는 친구

–본인 힘들 때는 다가오고 내가 힘들 때는 거리를 두는 친구

–잘못을 반복하고 사과를 해도 영혼 없이 하는 친구


–상대 말은 듣지 않고 자기 말만 거침없이 하는 친구

–자기가 늘 맞다고 주장하는 친구

–잘난 척, 있는 척하는 친구


이 문항 중 체크 사항이 3가지 이상이면

그 관계를 신중히 고민해야 한다.

만약 5개 이상이면 정리가 답이다.

인생에 도움은커녕 오히려 나를 망칠 사람이다.

## 관계를 끊으라는 신호들

—

−매번 내가 먼저 연락을 한다

−자주 휘둘리는 느낌이 든다

−상대의 말이 신뢰가 안 간다


−나에 대해 계속 부정적으로 말하는 느낌이 든다

−만나면 기가 빨리고 자존감 떨어지는 느낌이 든다

−만남을 마친 이후 마음이 편하다


−부탁이나 요구가 점점 늘어난다

−만남이 점점 부담되고 힘들어진다

−상대를 알기 전이 더 좋았다는 생각이 든다


—

－호의를 당연하게 생각한다.

－내 말은 잘 듣지 않고 자기 말은 거침없이 한다

－선을 넘는 횟수가 늘어간다

그럼에도 곁에 남겨두게 된다면,

그 결과 역시 오롯이 본인의 책임이다.

애초에 예의가 없는 사람에게서 시작된 관계일 테니.

## 주저하지 말고 바꿔라

___

그 어느 곳에서도 환영받지 못할 태도가 있다.
'왜 항상 나만 상처받을까?', '내 주변엔 왜 사람이 없을까?'
혹시 누군가 때문에 고민하고 있다면 진지하게 생각해 볼 문
제다.

1. 잘하면 내 탓, 못하면 남 탓
다른 사람을 희생시키는 이기적이고
극도로 무례한 태도이다.

2. 상대를 깎아내리는 것
의도는 나쁘지 않았지만 상대방을 배려하지 않고 하는 말과

___

행동은 이런 결과를 초래할 수 있다.

## 3. 약자를 함부로 대하는 것

처지나 상황에 따라 혹은 강한 사람에게 약하고
약한 사람에게 강한 사람은 아닌지 생각해 봐야 한다.

## 4. 비방과 모함

시기와 질투에서 끝나는 게 아니라
비방과 모함을 하여 상대에게 큰 상처를 준다.

## 5. 조금 성공했다고 잘난 체하고 사람들을 무시하는 것

시간이 지나면 드러나는 인간 본성이 있다.
결국 숨겨온 본성이 드러나는 순간이다.

## 6. 기분대로 행동하는 사람

기분이 태도가 되는 사람은 누구든 경계 대상이다.

기분이 태도가 되는 순간이 반복된다면 손절 타임이다.


이런 행동이 지속되면 교활해지고 교만해진다.

결국 바로잡지 못하면

인생은, 뿌린 대로 거두게 되어있다.

# 사람에게 상처받지 않으려면

—

1. 너무 기대하지 마라.

당연한 말이지만 기대를 하지 않으면 아쉬움도 후회도 미련
도 없다. 상대에게 마음을 다하지 말고 너무 기대하지 마라.
바라는 게 없으면 실망도 없다.

2. 자신의 모든 모습을 다 보여주지 마라.

인간은 시기와 질투를 잘한다. 모르는 사람보다 가까운 사람
에게 질투를 더 잘 느끼는 법. 그러니 내가 더 잘나고 더 자
랑할 게 많더라도 조금은 감추고 겸손해질 필요가 있다.

3. 잘난 척은 금물.

자신이 아는 것을 상대가 모를 거라 생각하지 마라. 알지만 그냥 모른 체하는 것일 수도 있으니까. 아는 거 다 말하면 잘난 체나 하는 사람으로 치부될 수 있다.

## 4. 마음을 다 하지는 마라.
친절과 배려를 베푼다고 모두가 감사하지는 않는다. 또 그 친절과 배려과 똑같이 돌아오지 않는다.

## 5. 다 퍼주지 마라.
뭐든 적당히가 좋다. 처음엔 고맙게 생각하겠지만 시간이 지나면 막 퍼주는 호구로 생각할 수도 있게 된다.

이렇게 하면 인간관계에 적당한 선을 유지할 수 있다.
관계의 불화가 생기는 건 그 선을 넘어섰기 때문이다.

상처는
상대 때문이기보다
스스로가 만들어 생겨나는 일이 많다.

사람 때문에
아파보지 않는 사람은 없다.
다만,
우리는 이것을 극복하느냐
포기하느냐의 문제다.

## 큰 그릇의 사람은

—

어려운 일이 생겼을 때
그를 믿고 따르는 사람이 있는지를 보면 알 수 있다.

그릇이 크고 강한 사람은
여유롭고 넉넉하게 사람들을 수용할 수 있고
품을 수 있는 사람이다.

오히려 위기 상황에서 빛을 발하는 사람이다.

—

# 인생을 바꾸는 두 가지

—

인생을 바꾸고 내공을 기르고 싶다면
딱 두 가지만 기억하고 행동하라.

## 1. 배움을 즐겨라

배움을 즐기라는 건
입시생처럼 공부하라는 것이 아니다.
'배움' 그 자체는 내가 성장하고 있다는 성취감을 준다.
이런 성취감은 자신감과 좀 더 발전할 수 있는 토양이 된다.
이것이 매일매일 조금씩 쌓이면 정말 큰 강점이 된다.

## 2. 땀에 흠뻑 취해 스포츠를 즐겨라

—

스포츠를 즐기는 것은

승리와 패패를 느낄 수 있는 가장 좋은 경험이다.

이겼을 때는 승리감을 느끼고

실패했을 때는 다시 일어날 수 있는 희망을 배울 수 있다.


이런 사소한 것들을 통해 자신감을 얻어가는 것이 중요하다.

용기 내어 시작하자!

자연스레 인생의 내공은 복리처럼 쌓이게 된다.

## 우선 부딪혀 보길

—

만약 마음이 가는 사람이 있다면,
우선 마음 가는대로 만나보길 추천한다.


사람을 피해야 하는 이유도 여러 가지지만
사람을 좋아해야 하는 이유도 여러 가지다.


자신만의 내공이 쌓이려면,
많이 만나보고, 더 많이 상처받고,
수많은 빌런을 경험해야 자신만의 해법이 생긴다.


그러니 절대 피하지 마라.

—

딱 봐서 아닌 사람이 아니라면,
경우의 수는 딱 두 가지다.

인생 최고의 친구를 얻느냐, 인생 최악의 상처를 받느냐.
두 가지만 각오한다면 많은 인간관계는 그 어떤 공부보다도
쓸모가 있다.

**Station 4.** 용기

---

# 반드시 잘될 사람에게
# 꼭 필요한 이야기

"무엇인가를 하라.
잘되지 않으면
다른 무엇인가를 하라.
말도 안 되는
생각이란 없다"
짐 하이타워

모든 것을 잃었을 때
인생에서 배운 것이 있다면
실패는 삶의 방향에 맞춰
반드시 필요한 이야기를 알려준다는 것.

아무것도 하지 않는 것보다
무엇인가를 해보고 실패하는 것이
삶의 단계를 끌어올려준다는 것.

그러니 반드시 잘되고자 마음먹었다면
주저하지 말고 상처받고 부딪혀 보길.

그 상처 속에 길이 있고,
맨땅에 부딪혀야 길이 열린다

## 손절에도 타이밍이 중요하다

—

사람마다 저마다의 기준으로 살아간다.

인간관계의 기준도 그렇다.

어떤 사람은 이런 기준으로 관계를 맺고,

또 다른 사람은 또 다른 기준으로 관계를 맺는다.

그렇기에 인간관계 안에서 만나는 좋은 사람과

빌런의 유형은 매번 다르다.

하지만 중요한 것은,

누군가와 손절을 할까 말까 고민하고 있다면

빠르게 하는 것을 추천하고 싶다.

손절에도 타이밍이 있다.

주변 사람들의 기준이나 평가는 잊어라.

자신만의 기준으로

인생에 도움이 되지 않고

시간을 낭비하게 되는 사람이라 판단됐다면

빠른 손절이 답일 것이다.

## '인생'을 채워야 하는 것

---

'겸손'은 사람을 무르익게 하고,

'존중'은 사람을 품격있게 하고,

'배려'는 사람을 매력있게 한다.

# 살면서 꼭 알아야 하는 모든 것

―

## 정말 중요한 것

1. 남과 자신을 비교하지 않는 것

2. 말은 줄이고 잘 들어주는 것

3. 잘못된 습관은 고쳐 나가는 것

## 꼭 버려야 하는 것

1. 게으름

2. 자만

3. 시기와 질투

## 되돌릴 수 없는 것

―

1. 지나버린 시간
2. 함부로 뱉는 말
3. 금 간 신뢰

**피하면 안 되는 것**

1. 도전과 경험
2. 결정과 실행
3. 선택과 집중

**헛되고 부질없는 것**

1. 남의 시선 너무 의식하며 사는 것
2. 내 인생도 못 챙기면서 남 걱정하는 것
3. 인간관계가 영원할 거라고 믿는 것

**멀리해야 할 사람**

1. 말과 행동이 다른 사람

2. 남 험담을 잘하는 사람

3. 매사 부정적인 사람


**상처받지 않으려면**

1. 기대하지 않을 것, 기대지 말 것

2. 나를 해할 수 있는 권력을 주지 않을 것

3. 무조건 착한 사람이 되지 말 것


**반드시 필요한 주문**

1. 나는 반드시 해낼 거야

2. 나는 반드시 잘할 거야

3. 나는 반드시 잘될 거야


인생에는 '리셋' 버튼이 없다.

인생을 바꾸고 싶다면 자기 자신부터 먼저 바뀌어야 한다.

생각을 바꾸고 행동을 바꾸자. 인생이 달라질 것이다.


———

# 이런 사람에게 자신을 걸어라

—

## 1. 인내심이 높은 사람

감정 컨트롤을 할 줄 아는 사람이다.

그래서 유혹에 잘 넘어가지 않는다.

인내심이 높기 때문에

더 큰 이익을 위한 당장의 손해도 감수할 줄 안다.

## 2. 차분한 성격의 사람

특히, 외부 요인에 쉽게 흔들리지 않는다.

이런 사람은 어떤 상황이든 동요하지 않고 차분하다.

감정의 한계점이 매우 높다.

### 3. 감정 굴곡이 없는 사람

감정이 쉽게 흐트러지지 않는 사람이다.

있는 그대로를 볼 줄 아는 냉정함을 가지고 있기 때문에

남 이야기에 절대 현혹되거나 휘둘리지 않는다.


### 4. 결단력이 빠른 사람

결단력이 빠른 사람은 일의 추진력도 빠르다.

일을 하면서는 조금 버겁거나 힘들 수는 있겠으나

많은 부분을 배우며 성장할 수 있을 것이다.


좋은 사람을 만나는 것은 인생 시간을 버는 것이다.

인간관계에 시간 낭비를 하고 싶지 않다면

이런 사람을 만나라.


물론 이런 사람에게도 상처받을 가능성은 있다.


---

생각보다 재미가 없고 무미건조할 수도 있다.

하지만 이런 사람의 마음을 얻을 수 있다면
'우정'이라는 것을 기대해 볼만 할지도 모른다.

# 나이 들면 후회하는 것들

—

1. 젊었을 때 '이것' 할 걸?

나이 탓 하지 마라 마인드가 문제다.

지금도 늦지 않았다. 하고 싶은 게 있다면

더 늦기 전에 시작해라!

오늘이 가장 젊은 날인 것을 잊지 마라.


2. '남'을 더 신경 쓰며 살았던 것

"나를 나쁘게 생각하면 어떡하지?"

"나를 이상하게 생각하는 거 아냐?"

이런 불안에 힘들었을 것이다.

하지만,

—

타인은 의외로 당신에게 관심이 많지 않다.
남의 시선 너무 의식하지 마라.


## 3. 기분이 '태도'가 되었을 때
인간관계는
내 기분보다 상대의 기분을
먼저 생각했을 때
그 관계는 평안해진다.


## 4. 끊어 낼 '인연' 못 끊어낸 것
지옥 같은 인연을
계속 이어갈 이유는 없다.
더 늦기 전에 끊어내라.


## 5. '건강'을 등한시한 것
잘 먹고 잘 자자

그리고
조금씩 운동을 해라
건강이 최고의 재산이다


"그때 내가 왜 그랬을까…"
이런 후회와 자책은 과거를 곱씹게 만들 뿐,
나에게 전혀 도움이 되는 않는다.

반면, 후회를 인정하고
"다시는 이런 실수하지 말아야지!"
이렇게
긍정적으로 받아들이면
내 삶의 긍정 자극제가 된다.

## '욕심' 가져도 될까

—

욕심 가져도 좋다.

근데 욕심을 갖는데 괴롭고 힘들면 내려놓아라.


욕심을 갖는 이유는 무엇일까.

내게 이익이 되니까 가지는 것이다.

근데, 괴롭고 힘들면 나에게 이익일까? 손해일까?

손해다.

그러니까 욕심 갖지 말고 내려놓으라는 거다.


이런 욕심은 버려라.

— '한 입만 더'

− '한 잔만 더'

− '한 게임만 더'

이런 욕심은 괴롭고 힘들더라도 가져라.

− 꿈을 크게 가지는 '욕심!'

− 더 열심히 살고자 하는 '욕심!'

왜 가져야 할까.

힘들더라도

자신에게 큰 이익이 될 테니까.

'불필요한 욕심'이 아닌 '성실한 욕심'은

자신을 성장시켜 주는 삶의 원동력이 되기 때문이다.

결국, 노력하지 않은 인생은,

'그 어떤 결과도 얻을 수 없다.'

—

# 인생이 증명되는 순간

—

인생에도 발화점이라는 것이 있다. 100°에서 물이 끓어오르 듯, 인생에서 정점을 맞이하게 되는 시점이 있다는 말이다. 대부분의 사람들은 99°가 됐을 때 지쳐서 나가떨어지게 된 다. 그 이유는 뭘까.

## 1. 관계가 갑작스레 비워진다.

구분을 잘 해야 하는 지점이다. 인간관계의 문제가 생긴다고 해서 모두 이런 지점은 아니라는 말이다. 이 시기의 관계의 문제점의 맹점은 비워낼 수 없었던 관계가 모두 비워지고 가 벼워진다는 말이다. 무엇보다 그 당시에는 아프더라도 인생 에서 꼭 끊어져야 하는 관계가 정리되는 시기를 말한다.

—

## 2. 잘되고 있는 일이 어그러진다.

모든 것에는 시기가 있기 마련이다. 잘되고 있다 생각했지만 그건 자신만의 잘못된 생각일 때가 많다. 어그러진 일에 대해 빨리 수정하고 정신을 똑바로 차려야 할 시간이다. 비관하고 힘들어 할 때가 아니라는 말이다.

## 3. 주변 사람들의 본모습을 알게 된다.

표면적으로는 힘든 시기겠지만, 믿었던 사람들의 본모습을 알게 되는 것은 그리 나쁜 일만은 아니다. 새롭게 고쳐 나갈 수 있다면 더 좋은 관계로 이어질 것이다. 다만 이런 시기일수록 당당하되 실수하지 않기 위해 노력을 기울여야 한다.

## 4. 일상에 계속 문제가 생긴다.

반복이라고 생각되지만 이미 많은 일들이 지나갔고, 그만큼 잘 해결해 왔다. 힘든 언덕을 한 번 지나온 사람은 그 뒤에 존재하는 더 큰 언덕을 두려워하지 않는다. 이 시기에는 묵묵하게 앞만 보고 가면 된다.


"이거 뭐야!"라고 생각할 수 있겠지만

인생은 안 좋은 순간 증명된다.

이겨낼 수 있다면 잘 되려는 징조가 분명하다.

단, 이러한 문제들이 생겼을 때 포기하고 무너지면 안 된다.

난관을 극복하려 노력해야 한다.

'고진감래'라 했다.

이를 극복하고 나면 분명, 좋은 결과가 생긴다.


만약 지금 시련이 찾아왔다면 절대 굴복하지 마라.

당신은 충분히 이겨낼 수 있고 극복할 수 있다.

이는 삶의 원동력이 될 것이며,

이러한 경험들은 큰 힘이 되어 더 나은 삶으로 인도할 것이다.

## 무례한 사람을 만나면 반드시 확인한다

---

살면서 이런 사람들은 꼭 만나봤을 것이다.

1. 대화를 중간에 끊거나 자신이 하고 싶은 말만 하는 사람
2. 상대는 아랑곳하지 않고 자신의 감정만 앞세우는 사람
3. 날 선 말투, 비꼬는 말투가 습관화 되어 있는 사람
4. 도움받는 걸 고맙게 생각지 않고 당연하게 여기는 사람
5. 심각한 이야기든 가벼운 이야기든 입이 가벼운 사람
6. 상대의 능력, 성과를 무시하거나 깎아내리는 사람
7. 시기심이 도를 넘어 허언증이 있는 사람
8. 자신의 기분이 전부인 사람

---

이런 사람을 만났을 때 이렇게 생각해 보자.
'혹시 나도?'

이런 이를 만났다면 꼭 자신을 돌아봐야 한다.
의도하든 의도하지 않았든
자신도 그런 존재가 될 수 있기 때문이다.
누군가에 대해 평가하기에 앞서
자신을 제대로 아는 것이 가장 중요하다.

## 아무것도 안 하는 것보다 실패하는 게 낫다

---

인생은,
우리에게 달콤한 열매를 주는 듯하다가
썩은 열매를 주기도 한다.

결국 인생은,
어제의 후회를 오늘 슬퍼하는 게 아니라
내일의 희망을 오늘 준비해야 하는 것이다.

이러한 것은
선택과 결정의 문제가 아니라
그것을 바로잡을 내 마음가짐에 달려 있다.

---

인생은 누구에게나 힘들다.

결국,

아무것도 하지 않고 보내는 것보다

실패하며 보낸 것이 나은 것이다.


아무것도 하지 않으면 아무 일도 생기지 않지만

망설이더라도 결국 도전하면 희망을 발견하게 된다.

# 굳이 드러내지 마라

---

자신의 장점 너무 빨리 드러내지 마라.
긍정보단 반감을 사기 쉽기 때문이다.

장점을 드러내면 사람들에게 부러움의 대상이 되기도 하지만
대부분 속으로 시기하며 질투를 한다.

사람들은 그 사람의 타고난 좋은 기질과
행운에 대해서는 크게 신경 쓰지 않지만
자신보다 재능이 뛰어난 것은 참지 못하기 때문이다.

상대의 우월함은 반감을 사기 쉽기 때문에

---

신중하고 영민한 사람들은 오히려
자기를 잘 드러내지 않는다.

능력 있고 재능 있는 거 좋은 거다.
하지만, 다 드러낼 필요는 없다.
아주 조금씩만 드러내라.
천천히 능력을 발휘하면 오히려 더 인정을 받는다.

남녀 관계에서도 똑같다.
패를 다 보인 게임은 절대 도움이 안 되는 것과 비슷한 원리.

하나를 얻으려다 열을 잃는 게 인생이다.
장점은, 굳이 스스로 보이려 하지 않아도 드러나게 된다.
진흙 속 진주처럼.

## 진짜 잘난 사람이 되자

—

'잘난 척'

'아는 척'

'있는 척'

'바쁜 척'

'강한 척'


"절대 하지 마라!"


이런 행동은 인간관계에서 제일 어리석은 행동이다.

처음엔 속일 수 있을지도 모르겠다.


—

하지만 결국 빈껍데기뿐이란 걸 알게 된다.
허세는 곧 들통이 나고 결국 우스운 사람이 된다.

하나를 얻으려다 열을 잃게 되는 악수惡手다.
차라리 그 시간에 진짜 잘난 사람이 되기 위해 노력을 하자.

# 사람을 빛나게 하는 것

—

1. 말하는 것보다 경청하는 자세가 중요하다.

2. 무슨 일이든 배움의 자세를 갖는다.

3. 상대를 함부로 대하지 않는다.

4. 감정 변화를 겉으로 잘 드러내지 않는다.

5. 상대의 말에 쉽게 동요하지 않고 함부로 전하지 않는다.

6. 싫은 사람이라도 일로 만날 때는 감정을 섞지 않는다.

7. 항상 목표를 세워놓고 발전을 위해 노력한다.

8. 어떤 대화에서든 말끝을 흐리지 않고 명확하게 한다.

9. 남는 시간을 허투루 보내지 않는다.

10. 쓸데없는 말은 하지 않고 해야 할 말은 잘 정리해 말한다.

11. 호감 표현을 잘 하지만 과하지 않게 오버하지 않는다.

—

12. 어떤 상황에서든 절대 선은 넘지 않는다.


자신의 가치를 높이는 것은 한순간에 이뤄지는 것이 아니다.

사소한 태도 하나가 자신의 가치를 높인다.

더 나은 사람이 되고자 한다면,

실천하자.

# 마음을 얻는 대화

—

진정한 대화의 기술은
기술을 부리지 않는 것이다.

현란한 기술보다는
진심을 전달하는 것이 중요하다.

대화가 잘 되면
호감을 얻고 신뢰를 쌓게 되고

신뢰를 쌓게 되면
믿을 수 있는 사람이 된다.

—

# 어떻게 극복할 것인가

——

## 1. 무조건 착한 사람이 되지는 마라
내가 보는 나와 타인이 보는 나를 너무 다르게 포장하지 말아야 한다.

## 2. 함부로 포기하지 마라
포기도 결국 습관이 된다. 여러 인생의 이유를 들어 포기하는 것이 점점 늘면 결국 포기가 특기가 될지도 모른다.

## 3. 타인을 탓하고 원망하지 마라
가장 쉬운 방법일지도 모른다. 타인을 탓하며 변명을 하는 것. 하지만 어떤 경우라도 자신에게도 문제를 발견해야 한다.

——

타인에게서 답을 찾으려 한다면
늘 문제는 해결되지 않는다.


## 4. 지나간 인연에 너무 집착하지 마라

지나간 버스는 아무리 손 흔들어도 돌아오지 않는다. 다음
인연을 놓치지 않도록 철저히 준비하고 노력하라.


## 5. 시간을 낭비하지 마라

스스로를 철저히 통제하며 자신과 약속하고 지켜 나갈 수
있도록 노력해야 한다.



내가 어떤 사람인지 보여주는 건
'현재 내가 처한 상황'이다.


이 말은, 단순히 처한 상황을 말하기보다

'그 상황을 어떻게 극복해 나아가느냐'를 말하는 것이다.

지난 시간이 온통 후회라 해도
지금부터 다시 시작하면 된다.
당신은 분명!
"다시 시작할 수 있다."

# 휘둘리지 않으려면

—

## 1. '소통' 능력을 키워라

명확하게 의사소통을 하는 사람은 상대에게 절대 휘둘리지 않는다. 자신의 의견, 감정 등을 잘 표현하고, 사람과의 의사소통에서 오해를 방지하기 위해 소통 능력을 키워라.

## 2. 관계의 '선'을 지켜라

잘 휘둘리는 사람은 자기 공간을 침범당하거나, 자기 의사를 무시당하는 행위가 반복된다. 자신의 경계를 명확히 설정하고, 상대방이 그 경계의 선을 침범하지 못하도록 지키는 것이 중요하다.

—

### 3. 자존심 '경쟁'에 휘말리지 마라

상대를 제압하려고 하는 사람은 상대보다 자신을 우월하게 만들기 위해 더 노력한다. 말도 안 되는 방법이라도 말이다. 상대방의 불필요한 자존심 경쟁에 휘말리지 말아야 하는 이유다.

### 4. '인지력'을 향상시켜라

거짓이나 혼란으로 '인지력'을 떨어지면 휘둘림을 당하기 쉽다. 인지능력을 향상하는 것으로 명상, 심호흡, 유산소 운동이 있다.

### 5. 건강한 '대인관계'에 신경 써라

휘둘림은 주로 가까운 관계에서 나타난다. 건강하고 상호 존중적인 관계에서는 절대 휘둘림을 당하지 않는다. 가족이든 친구이든 건강한 대인관계를 맺어나가는 것이 중요하다.

# 과감히 버려라

---

성공하고 싶다면 버려야 할 7가지가 있다.

## 1. 실패의 두려움을 버려라

실패를 겪어봐야 성공도 할 수 있다.

## 2. 편안함을 버려라

성장의 과정은 매우 불편하다.
성장 끝에 성공이 보일 것이다.

## 3. 비교하는 습관을 버려라

타인과 나는 분명 다르다.

---

성공의 길도 분명 다르다.

## 4. 조바심을 버려라

뭐든 쉽게 이루어지는 것은 없다.

성공하려면 인내심을 길러야 한다.

## 5. 부정적인 생각을 버려라

'나는 할 수 있다'의 긍정의 마인드가 성공의 시작점이다.

## 6. 자만심을 버려라

자만은 노력하기 싫은 게으름일 뿐이다.

## 7. 게으름을 버려라

게으름과 나태는 실패의 지름길이다.

어쩌면 상처받고 절망하고 무너지는
힘든 길 위에 서 있을지도 모르겠지만
문장들이 찍은 발자국을 따라
당신만의 길을 찾게 되길.

반드시 이겨낼 거고, 답을 찾을 거고.
반드시 당신만의 길을 찾게 될 거다.

도착

# 반드시
## (　　　)
## 잘될 사람

도전에 망설이지 말고,

실패에 절망하지 말고,

시작에 주저하지 말자.

Good luck

# 당신은 반드시 잘될 사람

**1판 1쇄 발행** 2024년 8월  2일
**1판 5쇄 발행** 2025년 1월 24일

**지은이** 라파엘
**펴낸이** 안종남

**펴낸 곳** 봄
**출판등록** 2011년 3월 31일 제 2011-000058호
**전화** 02- 6082-1070
**팩스** 070-7966-0156
**전자우편** jsinbook@naver.com
**블로그** blog.naver.com/jsinbook
**페이스북** facebook.com/jsinbook
**인스타그램** @jsinbook_official

**ISBN** 979-11-90807-29-6  03810